AF286926

Der Traum vom ersten Kuss

Impressum

Originalcopyright ©2011 Stefanie Roos

Herstellung und Verlag:
Books on Demand GmbH, Norderstedt
ISBN: 9783842375420

Stefanie Roos, geboren 1983, lebt als
alleinerziehende Mutter mit ihren Zwillingen in
Rheinland-Pfalz, Deutschland. Die Idee zu diesem
Buch hatte sie nach einem schönen Traum und
schrieb es sofort nieder. Die Details kamen
während des Schreibens.
Es ist ihr erstes Werk und weiter werden
sicherlich folgen.

Stefanie Roos

Der Traum vom ersten Kuss

Romantische Kurzgeschichte

Ich möchte mich bei meiner
Familie und meinen Freunden
bedanken,
die mir immer mit Rat und Tat
zur Seite stehen.

Vielen Dank

Der Kuss ist schlau

erfundenes Verfahren,

welches das Reden stoppt,

wenn Worte überflüssig sind.

Oliver Herford
amerikanischer Schriftsteller (1863 – 1935)

Vorwort

Lehnen sie sich zurück und tauchen sie in die Welt der Magie der Geschichte ein.

Erinnern sie sich zurück an ihren ersten Kuss. Wie war er und mit wem? Wie fühlte es sich an? Wissen sie noch den Ort und die Zeit? Erinnern sie sich noch, wem sie es als Erstes erzählt haben? War es für sie ein sehr schönes Erlebnis, an das sie sich heute noch gerne, mit einem Lächeln, erinnern?

Es gibt so viele Geschichten zum ersten Kuss, wie es auch Menschen gibt. Jeder könnte seine Eigene erzählen.

Auf den folgenden Seiten werde ich ihnen eine Geschichte über ein junges Mädchen und ihrer Großmutter näherbringen.

Sinfonie der Farben Bildcopyright ©by Mensi/pixelio.de

Joana´s Traum

Mit ihren dreizehn Jahren ist Joana noch
sehr jung, aber der Traum vom ersten
richtigen Kuss, wird immer deutlicher.
Mit ihren Freundinnen hat sie bereits
schon sehr oft dieses Thema zerpflückt.

Wie es wohl sein wird? Wo es sein wird? Wie es sich anfühlt? Und ganz entscheidend – wer es wohl sein wird?

Am Anfang träumt sie immer nur von Lippen, die sich berührten. Schnell, ohne jegliche Regung oder anderen Gefühlen. Von Zeit zu Zeit kamen immer mehr Sichtweisen und Gefühlen hinzu. Gefühle, die sie nicht verstand, die sie ängstigten. Diese Gefühle empfand sie nicht nur in der Nacht, auch am Tag wurde sie immer wieder davon erfasst. Sie versucht mit ihren Freundinnen es zu besprechen, aber auch sie waren unerfahren in solchen Dingen und alles, was sie sagten, verwirrte Joana umso mehr.

Abendstimmung Bildcopyright© by Viola / pixelio.de

Eines Tages, als sie wieder von solch einem Traum erwachte, saß ihrer Großmutter an ihrem Bett. Ihre Großmutter lächelte, als ob sie wüsste, von was Joana geträumt hatte. Der sanfte Blick ihrer Großmutter ermutigte sie, und so erzählte sie ihr von ihrem Traum.

In ihrem Traum sah sie sich auf einer Wiese stehen, angelehnt an einen Baum und den Blick auf den warmen Sonnenuntergang gerichtet. Sie spürte die Nähe eines Körpers hinter ihr, Arme, die sie umfassen und den heißen Atem im Nacken. Dann eine Hand, die ihr Kinn umfasst und sie zärtlich zu sich dreht. Der Unbekannte strahlt mit seinen braunen, verträumten, sanften Augen Vertrauen und Geborgenheit aus. Versunken in diesen Augen, war sie sich sicher, dass sie bereit war. Sie wollte unbedingt von diesem Unbekannten den ersten Kuss empfangen. Ihr Wunsch, sehnlich, mit starkem Verlangen, die sanften Lippen auf ihren zu spüren. Den Druck und die Begierde des Fremden zu spüren.

Peinlich berührt sah sie ihrer Großmutter ins Gesicht, doch mit diesem Blick hatte sie nicht gerechnet. Sie schien es zu verstehen, ja, in den Augen ihrer Großmutter stand eindeutig Verständnis.

Die Finger ihrer Oma strichen ihr sanft über die Wange und sie begann ihre Geschichte vom ersten Kuss, zu erzählen.

Großmutter´s

Geschichte

Sommerliche Landschaft Bildcopyright ©by Grace Winter/ pixelio.de

„Es ist zweiundfünfzig Jahre her und ich erinnere mich daran, als sei es gestern gewesen. Ich war in deinem Alter, noch jung, aber damals heirateten die Leute auch sehr viel früher, als heute. Sein Name war Antonio. Ein junger Mann aus der Nachbarschaft. Ein sehr gut aussehender, junger Mann, wohl gemerkt. Er war ein paar Jahre älter als ich und eigentlich sah er in mir immer nur das kleine Mädchen aus der Nachbarschaft. Er passte öfter auf uns jüngeren Kindern auf. Wir mochten uns, immer sehr. Wenn ich nicht im Haus meiner Mutter zur Hand gehen musste, dann durfte ich mich ihm anschließen und mit ihm Abenteuer erleben. Oft nahm er uns mit in den Wald, nahe dem Ort in dem wir lebten. Antonio zeigte uns, wie man aus Ästen Angeln baute, oder einen Unterschlupf. Wir spielten stundenlang im Wald, meist bis zur Dämmerung. Einmal vergaßen wir die Zeit und wir bemerkten erst spät, dass es bereits dunkel war. Ich bekam Angst und klammerte mich an seinen Arm.

Er schaute zu mir herab und streichelte mir sanft über die Wange, so was hatte er noch nie getan, nicht so. Sonst wenn er mich mal berührte, dann war es anders, kühler, freundschaftlicher. Eben eher so, wie, wenn dein großer Bruder dich berührt. Aber in diesem Moment war es anders, er schaute mir sehr lange und tief in die Augen. Sein Blick durchbohrte mich, ich spürte ihn bis tief ins Herz. Ja, Kind, ich hatte zum ersten Mal Schmetterlinge im Bauch. Ich bemerkte noch nicht mal, dass er mich losgelassen hatte. Antonio gab den anderen Anweisungen, was sie zu tun hatten, damit wir die Nacht in unserem Waldlager verbringen konnten. Erst als ein Nachbarsjunge ihn anstieß, damit er ihm noch mehr Fragen stellen konnte, wendete er seinen Blick von mir ab. Alle halfen mit, wir bauten unseren Unterschlupf so, dass er trocken und auch bequem war. Wir sammelten Blätter und Äste, suchten kleiner Zweige für ein Lagerfeuer.

Unsere Blicke trafen sich aber immer wieder. Im Wald fanden wir ein paar Beeren und die größeren Jungs fingen uns einen Hasen zum Essen. Sie brieten ihn über dem Feuer, aufgespießt an einem Ast, wir hatten über Tag immer viele alte Töpfe und auch andere ausrangierte Gegenstände mitgenommen. Daher konnten wir, an dem nahe unserem Lager gelegenen Bach, Wasser holen und wir kochten darin Wurzeln und Kräuter für eine Suppe und Tee.

An diesem Abend hatten wir so viel Glück gehabt, dass wir alle sehr fröhlich waren und wir saßen alle am Feuer und sangen Lieder.

Nach einer Weile bemerkte ich, dass Antonio mich immer noch mit seinem Blick fixierte. Ich fühlte mich ein bisschen unwohl, fast ängstlich, denn in meinem Bauch kribbelte es. Am allerliebsten wäre ich zu ihm gegangen und hätte mich neben ihn gesetzt, aber ich hatte Angst was er sagen würde, was die anderen sagen würden. Ich hatte das Gefühl, dass mich alle beobachten würden, dass sie alle gemerkt hätten, dass ich nicht mehr dieselbe war. Ich musste mich verändert haben, denn schließlich fühlte ich mich auch so, anders eben. In mir drin hatte sich alles verändert, ich schaute ihn an und war auf einmal peinlich berührt, wenn er mich an ansah. Wenn er mich anlächelte, wurde ich rot, wenn er mich zufällig streifte, dann brannte meine Haut an der Stelle. Ich wollte mich an ihn schmiegen, sein Gesicht anfassen. An diesem Abend ließ ich zum ersten Mal meine Haare offen fallen, damit ich meinen Blick vor ihm verstecken konnte. Ich beobachte ihn genau, seine Augen, wie sie im Licht des Feuers strahlten, seine dichten, dunklen Augenbrauen, seine gerade, sitze Nase und seine vollen Lippen, die er mit seiner Zunge öfter befeuchtete.

Es wurde kälter. Die Anderen gingen langsam, nacheinander in den Unterschlupf und schliefen. Ich konnte nicht. Ich saß einfach nur da und starrte ins Feuer. Ich war vertieft in meine Gedanken, die Unruhe in meinem Bauch und Kopf musste ich erst mal ordnen. Da war ich genau wie Du, mein Liebling. Ich konnte noch nie schlafen, wenn ich nicht vollkommen frei war, von störenden Gedanken.

Nach einer Weile und vielen verschieden Gedankensprüngen, spürte ich Antonios Arm, der sich um meine Schultern legt. Er saß direkt neben mir und meine Knie wurden ganz weich. Erst jetzt viel mir auf, dass nur wir beide noch am Feuer saßen. Mit einem Finger strich er mir eine Strähne, meiner langen Haaren, aus dem Gesicht und suchte meinen Blick. Als wir uns genau in die Augen schauten, konnte ich die Engelein singen hören. Von seinen Augen aus überkam mich eine innere Wärme, ein Verlangen, was ich nicht zuordnen konnte. Er war ganz ruhig, während ich anfing zu zittern, ich wurde immer nervöser. Antonio redete, das sah ich an seinen Lippen, aber seine Worte drangen nicht an mein Ohr. Er musste alles wiederholen, bis ich mich zusammenriss und ihm zuhörte. Der Klang seiner Stimme hatte sich auch verändert.

Alles war auf einmal so anders, aber so langsam wusste ich warum. Ich hatte mich verliebt. Verliebt in Antonio.

Schwanenherz Bildcopyright © by Schasky /pixelio.de

Mir wurde sehr warm und ich hatte das Gefühl, dass das Feuer stärker leuchtete, als zu vor. Mich seinem Blick zu entziehen war zwecklos, er hatte mich gefangen und ich spürte, wie sich meine Aufregung legte. Es fühlte sich alles so richtig an, seine Berührungen, seine Blicke, meine Gefühle ordneten sich. Ich fühlte mich stärker als jemals zu vor und gleichzeitig so schwach. Antonio nahm mich fest in seine Arme und schaute mir sehr tief in die Augen. Dann senkten sich seine Lider und mit geschlossenen Augen bewegte sich sein Gesicht auf mich zu. Er hob mein Kinn leicht an und dann … presste er seine zarten, feuchten Lippen auf meine. Ich hörte das Feuer knistern, selbst die Luft schien zu knistern. Sein Kuss dauerte sehr lange, er war sehr intensiv, ich begann wieder zu zittern, ich fühlte mich so klein und schwindelig. Aber auch geborgen und geliebt, sicher! Antonio sah mir wieder tief in die Augen und dann fragte er mich, wann ich mich verändert hätte, wann aus mir, dem kleinen Mädchen, eine so hübsche Frau geworden wäre. Ich konnte ihm nicht antworten. Mir schwirrte immer

noch der Kopf und ich wollte, dass all
diese Gefühle, die ich nun hatte, nie
enden sollten. Erneute küssten wir uns.
Jeder Kuss wurde stärker, verlangender
und dennoch zärtlicher und liebevoller.
Als er mich fester in seine Arme schloss,
fragte er mich, ob ich ihn zum Mann
nehmen würde. Er würde mich immer so
küssen und mich nie mehr loslassen. Ich
antwortete ihm mit zittriger Stimme und
in dieser Nacht wurde ich zur Frau.
Zu seiner Frau, der Frau…
deines Großvaters."

Die Großmutter lächelte, stand vom Bettrand auf und strich Joana über die Wange.

„Warte, mein Liebling, bis du dieses Gefühl bei einem jungen Burschen hast. Dann wirst du deinen Enkeln davon berichten und glaube mir, dein Großvater hat sein Versprechen gehalten. So einen Kuss vergisst du niemals mehr."

Joana blickte ihrer Großmutter, die das Zimmer verließ, hinterher.

Das Chaos in ihrem Kopf hatte ein Ende gefunden, denn nun wusste sie, was sie wollte und wie es sich anfühlen sollte. Und sie war nun bereit auf diesen einen Moment zu warten!

Schlusswort

Joana fand den richtigen Weg. Die Geschichte der Großmutter hatte ihr sehr geholfen und sie konnte den wahren Wert eines Kusses erkennen.

Ein Kuss kann so viele Bedeutungen haben. Er kann Mitgefühl, Freude, Mitleid, Liebe und noch so vieles mehr vermitteln, doch in einem Punkt kann man sich sicher sein ...

Den ersten richtigen Kuss vergisst man nicht!

Ein Kuss in Lieb' gegeben, soll'
Dich erwecken zu neuem Leben!

Zitat aus Dornröschen

Herz im Sand Bildcopyright© by Gaby Stein / pixelio.de

Hat Ihnen dieses Buch gefallen? Möchten Sie mit mir persönlich in Kontakt treten, um Ihrem Lob oder Ihrer konstruktiven Kritik Gehör zu verschaffen? Dann besuchen Sie mich auch auf meiner Internetseite.

Unter :

stefanie-roos.jimdo.com

Hier finden Sie alle Informationen über mich, meine bereits veröffentlichten Bücher und Neuheiten, die in Kürze erscheinen werden.

Ich freue mich bereits auf Ihren Besuch.

So wird es weitergehen!

Ab September 2011 wird im

BoD Verlag, sowie in vielen verschiedenen

Online – Shops

und bei einigen Großbuchhändlern, auch

folgendes Buch zu erhalten sein.

Stefanie Roos

Alltag mit Männern - Glück oder Plage?

Humorvoller Ratgeber

BoD - Verlag

Leseprobe

Alltag mit Männern – Glück oder Plage?

In diesem Buch habe ich Ihnen meine Eindrücke, sämtliche Vorurteile und die Sicht aus dem Blickwinkel von Mann und Frau geschildert!
Wenn Sie beim Titel schon schmunzeln mussten, dann lehnen Sie sich zurück und genießen dieses Buch.
Vorab möchte ich noch darauf hinweisen, dass es natürlich nicht bei jedem Paar so ist! Ausnahmen bestätigen ja bekanntlich die Regel!
Dieses Buch sollte mit einer guten Portion Humor gelesen werden!

Sicherlich werden Sie sich hier und da wiedererkennen. Es kann auch als Ratgeber dienen.
Und liebe Frauen, wenn alles nichts hilft, dann kann dieses Buch auch gut geworfen werden!
Bitte verstehen Sie das als kleinen Spaß und nicht als einzige Motivation!

Männer, die in eheähnlichen Verhältnissen

oder der tatsächlichen Ehe leben, verlieren allem Anschein nach das Gespür mitzudenken und dementsprechende zu handeln!
Sie brauchen haargenaue Anweisungen!
Bitte lachen Sie nicht, hier ist der Beweis!

Während wir noch damit beschäftigt sind, die Wohnung zu säubern, saugen, Staub wischen und uns Gedanken über Gott und die Welt machen,
wird er die einzige Aufgabe, die er von uns aufgetragen bekommen hat, nicht bewältigten können.

♀ Schatz bringe bitte den Müll raus
♂ Ja! (Und nichts geschieht!)

Erkennen Sie den Fehler!
Hätten wir ihm erklärt, was wir jetzt genau meinen, dann müssten wir uns nicht ärgern!
Was wir ihm gesagt hatten, kam bei ihm so an.

♂ Müll rausbringen!

Nun muss er sich erst mal Gedanken drüber machen. Was für einen Müll? Wann soll ich das machen? Warum und wohin?
Wenn er sich dann endlich bewegt, nimmt er

eine Tüte in die Hand und stellt sie vor die Wohnungstür!

Während er sich nun wundert (♂ dafür braucht die mich?!?!?), beginnt bei uns sofort die ersten Alarmglocken zu schlagen!

Wir schauen in die Küche, entdecken den Mülleimer, sind vielleicht im ersten Moment erleichtert (er hat den Müll rausgebracht) ...

... und sofort erstickt dieser Gedanke im Keim.

Er hat keine neue Tüte einlegt und nun schauen wir genauer hin.

Es fehlt nicht nur die neue Tüte, nein, er hat auch nur eine rausgetragen!

Also beginnt es in uns, zu brodeln! Wir nehmen den restlichen Müll und tragen ihn nach draußen. Auf dem Weg dorthin stolpern wir auch über die einzelne Mülltüte und nun kochen wir vor Wut!

So finden wir aber noch weitere Beispiele!

Er und kochen?? Er kann sich ja trotz mehrerer Minuten intensives Betrachten des Kühlschrankes und der Vorratskammer, immer noch keinen Reim draufmachen, was aus den unterschiedlichen Zutaten gekocht werden kann!

Sollten wir dennoch der Naivität nachgeben und ihm mitteilen, dass er heute kochen sollte, werden wir gleich erstaunt sein, welche Möglichkeiten er uns bietet!!

Nach gründlicher Überlegung seinerseits kommen nun fast prompt aus der Pistole geschossen (nach geschätzten 10 Minuten) die Alternativen, die er bietet!

♂ Okay. Ich bestell was beim Pizzafritzen. (Und sie holt es ab)
  Oder wir könnten zum Essen ins Lokal fahren (schnell zugreifen, er ist in guter Spendierlaune).
  Oder wir fahren zu meiner Mutter! (Was ihm am liebsten wäre, so spart er Geld und Mutti weiß ja eh am besten, was ihm schmeckt!)

Aber was tun, wenn der Ärger schon tiefer sitzt?

Wir machen das, was wir immer in solchen Situationen tun!
Nein, wir rennen ihm nicht hinter her, dafür sind wir ehrlich gesagt zu irritiert!
Wir räumen auf und versinken in unseren Gedanken! Warum gab es kein richtiges Gespräch? Oh Gott er hat eine Andere? Ihn bedrückt doch etwas!
Und das wissen wir dann auch immer ganz genau!! Während wir uns unserem Gedankenfluss hingeben, sitzt er

unbekümmert ihm Wohnzimmer und denkt
tatsächlich einfach nichts!

Es ist nur ein sehr geringer Ausschnitt über
den Alltag mit Männern. Was Männer noch
alles zu bieten haben, lesen sie ab
September 2011.

Ihre Stefanie Roos